CANAL PROJ
RAILWAY
CABANA RAILWAY
EST. B. FUNDA
BARRA FUNDA
CHACARA DO CARVALHO
PALMEIRAS
S. CECILIA
S. EPHIG
HOSP. SAMARITANO
I. C. DE MARIA
HOSPITAL SANTA CASA
ACAEMBU
MACKENZIE COLLEGE
HYGIENOPOLIS
CONSOLAÇÃO
CEMITERIO DA CONSOLAÇÃO
VELODROMO
BEXIGA

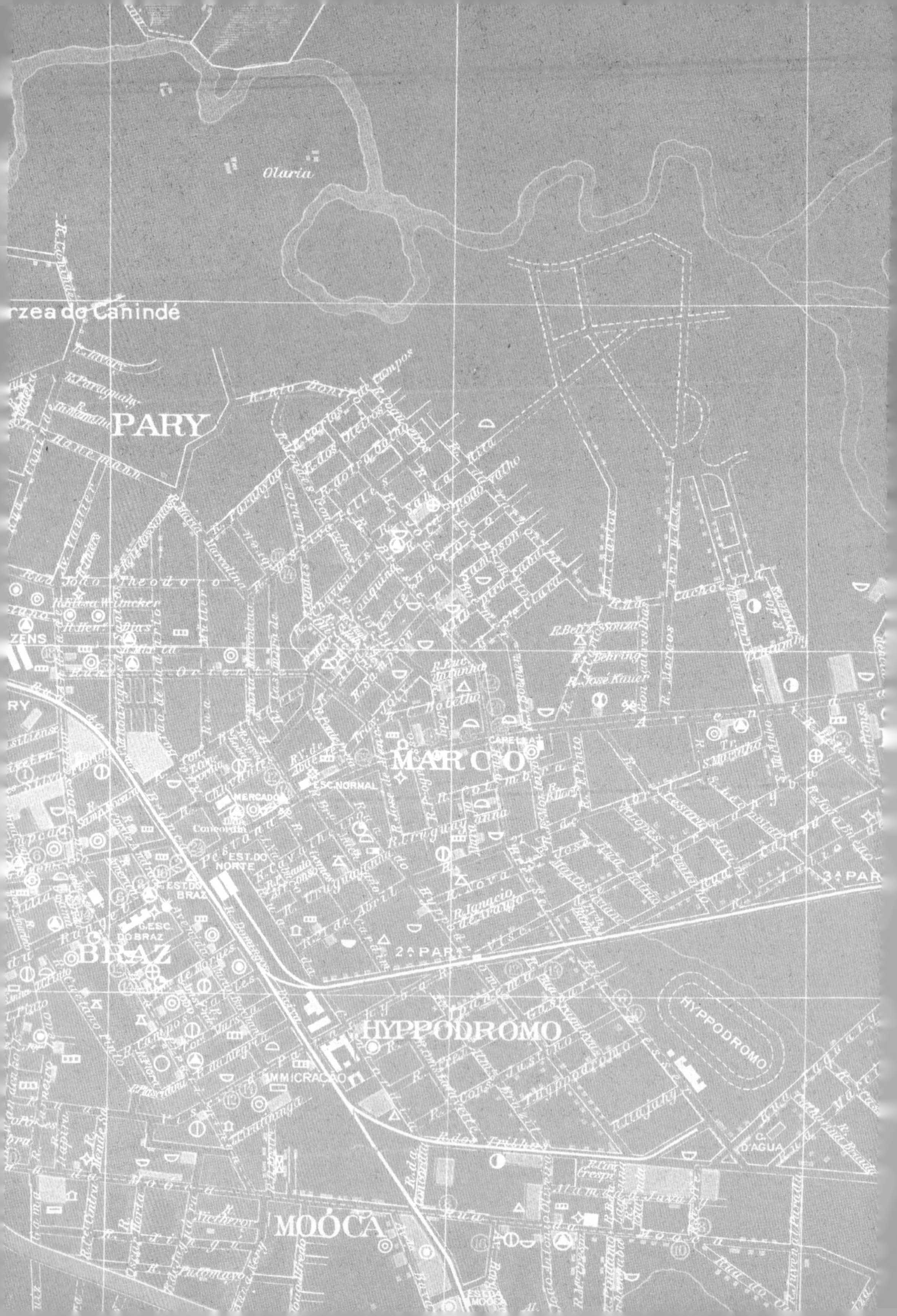
Olaria
rzea do Canindé
PARY
MARCO
BRAZ
HYPPODROMO
HYPPODROMO
MOÓCA
ESC. NORMAL
MERCADO
EST. DO NORTE
EST. DO BRAZ
IMMIGRAÇÃO
C. D'AGUA
2ª PART
3ª PAR
R. Rio Bonito
Rua João Theodoro
R. Uruguay
R. Ignacio de Araujo

Crônicas de São Paulo

UM OLHAR INDÍGENA

Callis Editora Ltda.
2ª edição, 2010
9ª reimpressão, 2026

Texto adequado às regras do novo Acordo Ortográfico da Língua Portuguesa

Coordenação editorial: Miriam Gabbai, Mariângela Bueno e Simone Kubric
Projeto gráfico: Camila Mesquita
Revisão: Célia Carvalho, Nelson de Oliveira e Ricardo N. Barreiros

CIP-BRASIL. CATALOGAÇÃO-NA-FONTE
SINDICATO NACIONAL DOS EDITORES DE LIVROS, RJ.

Munduruku, Daniel, 1964-

Crônicas de São Paulo / Daniel Munduruku ; projeto gráfico Camila Mesquita . - 2.ed. - São Paulo : Callis Ed., 2010.
il.

ISBN 978-85-7416-366-6

1. Crônica brasileira. 2. Nomes indígenas - São Paulo (SP) - Crônicas. 3. São Paulo (SP) - Crônicas. I. Mesquita, Camila. II. Título.

09-0395. CDD: 869.98
CDU: 821.134.3(81)-3
29.01.09 02.02.09 010726

ISBN 978-85-7416-366-6

Impresso no Brasil

2026
Callis Editora Ltda.
Rua Oscar Freire, 379, 6º andar • 01426-001 • São Paulo • SP
Tel.: (11) 3068-5600 • Fax: (11) 3088-3133
www.callis.com.br • vendas@callis.com.br

Crônicas de São Paulo

UM OLHAR INDÍGENA

Daniel Munduruku

callis

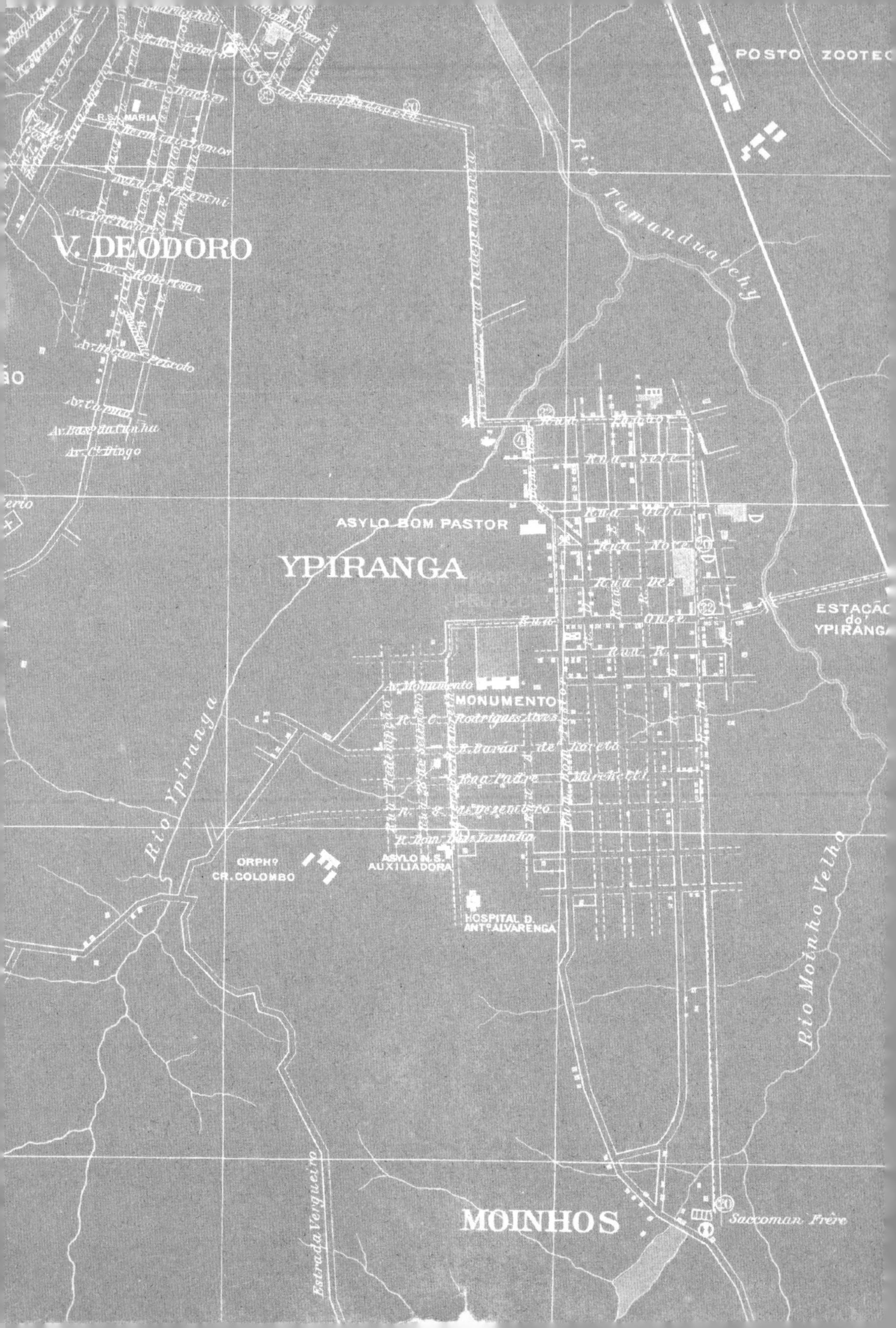
POSTO ZOOTEC
V. DEODORO
R.S. MARIA
Rio Tamanduatehy
ASYLO BOM PASTOR
YPIRANGA
ESTAÇÃO do YPIRANGA
Rua Sete
Rua Oito
Rua Nove
Rua Dez
Av. Monumento
MONUMENTO
R. Barão de Loreto
Rua Padre Marchetti
Rio Ypiranga
ORPHº CR. COLOMBO
ASYLO N.S. AUXILIADORA
HOSPITAL D. ANTº ALVARENGA
Rio Moinho Velho
Estrada Vergueiro
MOINHOS
Saccoman Frère

A meus bons amigos

Sebastião e Dirce Akamine
Walter Armellei Jr.
Luiz e Valdeti Prieto
por terem me ajudado a conhecer São Paulo.

E a Maria do Rosário (Mary)
por ter me feito conhecer Guarulhos.

Sumário

O desenhador de palavras: curumim Daniel Munduruku

Um mergulho nas veias abertas de Sampa. Um retrato 3x4 da maior metrópole da América Latina, na voz deste contador de histórias aprendidas de seus pais, também lembradas pelo curumim Daniel em seu premiado livro *Meu avô Apolinário*. Histórias de conhecimentos das plantas, dos animais e das florestas cheias de seres mágicos. Histórias de gente de todas as cores: da cor do urucum, do jenipapo, do guaraná olho de gente, como dizem os Sateré Mawé, povo de Yaguaré Yamã, outro escritor de nome sonoro e grande amigo de Daniel.

O curumim Daniel saiu de uma aldeia lá nas beiras do Tapajós, rio de muitas vidas, rio de muitas águas. Rio cheio de riquezas e de histórias fantásticas, com peixes mágicos e terreiros iluminados pela lua, que nas histórias indígenas também já foi gente, depois subiu para o céu e lá de cima assiste às noites de festa e beleza que encantam os meninos e meninas das aldeias na floresta. Meninos e meninas de olhos arregalados, que, atentos às histórias contadas pelos velhos, buscam nas frestas da noite iluminada pela lua os vultos dos antigos heróis que muito, muito tempo atrás criaram os rios, os peixes e a gente que povoa as nossas cidades da floresta. Curumim Daniel saiu de lá e chegou a Ocaguassu (palavra que significa aldeia grande, aldeia de muitas gentes): Sampa, São Paulo, com trilhas antigas levando para todos os cantos do Brasil, saindo de Piratininga e seguindo pelos cursos do Tietê, abrindo lugares como Guarulhos, Tatuapé, Jabaquara...

Curumim Daniel Munduruku segue pelas varações desta terra paulista, nas salas de aula, dando os primeiros passos como contador de histórias, conquistando seus novos companheiros meninos e meninas. Curumins e cunhãs que, atraídos pela voz macia e carinhosa, seguem de cara pintada, cocar na cabecinha loira ou morena, cantando canções indígenas ensinadas pelo curumim Daniel, agora desenhador de palavras, escritor militante da causa de nossas tribos, nossos povos da floresta.

Esse contador de histórias é reconhecido em nosso país e no exterior por sua criatividade e originalidade na seleção dos temas escolhidos para introduzir para as crianças da cidade grande, Ocaguassu, um mundo de seres e de gente de todas as cores.

De seres e de gente atraentes como os bonitos cocares com penas de araras-vermelhas, papagaios, tucanos e periquitos paracanã, coloridos e cheios de alarido. São assim as histórias desse índio Munduruku que escolheu, entre muitos lugares do mundo, esta aldeiona paulista para assentar seu banco de contador de histórias.

Pode arregalar os olhos que agora mesmo vai saltar uma onça Yawaretê bem ali do lado da maloca, fugindo pro mato...

Ailton Krenak

Diretor do Núcleo de Cultura Indígena — NCI

Prêmio Nacional dos Direitos Humanos 2003 na categoria Comunidades Indígenas

Poucas palavras

Tatuapé, Anhangabaú, Itaquera, Guaianases, Ibirapuera, Anhembi, Tucuruvi, Jabaquara, Tamanduateí, Pirituba, Mooca... Lugares transformados em caminhos, pontos de encontro, rotas de fuga. Nomes que indicam origem, eventos, emoções de tempos antigos. Nomes que habitam nossa memória e às vezes caem em nossos lábios apenas por força do hábito. Palavras que carregam histórias.

É assim que tenho olhado para esses lugares — pois não são apenas palavras. Procuro neles os significados, a história, a memória da gente que por aqui andou.

Não consigo andar por São Paulo sem procurar significados.

Se assim o fizesse, já teria partido daqui e ido viver em lugares mais belos. Estranhamente ainda vejo beleza neste lugar. Ainda consigo ouvir o canto dos pássaros, abraçar as árvores, respirar esperanças. Tenho aqui um lugar onde manter a minha sanidade sem me perder nas vielas de prédios quadrados e monstruosos construídas, neste local, com a aparente roupagem da modernidade.

Não. Quando ando por Sampa penso que estou caminhando sobre meus ancestrais. E viver bem aqui é mantê-los vivos na minha memória e na memória desta colossal aldeia de desconhecidos.

Penso nos antepassados e nos caminhos que faziam quando andavam sobre esta terra. Nos matos que tinham que desbravar, nas caçadas que tinham que empreender, nas guerras a guerrear.

E penso que São Paulo é um pouco tudo isso junto e desbravá-la é dar vida à memória dessa gente.

Foi com esses pensamentos que escrevi estas crônicas.

Quis nelas colocar o meu modo de olhar para este gigante.

Quis interpretar alguns de seus lugares.

Quis viajar em sua história sem trazer novas verdades sobre ela.

Quis apenas dizer como me sinto andando por suas avenidas, por seus bairros, por seus parques, por seus refúgios.

Quis andar de norte a sul, de leste a oeste.

Deixei muitos nomes e lugares de lado e não me importei muito com isso, pois não foi o meu propósito passear por toda a cidade, o que considero quase impossível.

Posso dizer que conheço esta cidade. Talvez não fisicamente — embora assim também a conheça —, mas, e principalmente, espiritualmente, pois nela está um pouco da história dos antepassados de nossa gente.

Você tem nas mãos um outro olhar para a cidade que me acolheu e na qual construí minha própria história. Meu desejo é que isso o motive a também construir seu próprio olhar sobre ela.

Daniel Munduruku

Tatuapé

O CAMINHO DO TATU

Uma das mais intrigantes invenções humanas é o metrô. Não digo que seja intrigante para o homem comum, acostumado com os avanços tecnológicos. Penso no homem da floresta, acostumado com o silêncio da mata, com o canto dos pássaros ou com a paciência constante do rio que segue seu fluxo rumo ao mar. Penso nos povos da floresta.

Os índios sempre ficam encantados com a agilidade do grande tatu metálico. Lembro de mim mesmo quando cheguei a São Paulo. Ficava muito tempo atrás desse tatu, apenas para observar o caminho que ele fazia.

O tatu da floresta tem uma característica muito interessante: ele corre para sua toca quando se vê acuado pelos seus predadores. É uma forma de escapar ao ataque deles. Mas isso é o instinto de sobrevivência. Quem vive na floresta sabe, bem lá dentro de si, que não pode se permitir andar desatento, pois corre um sério perigo de não ter amanhã.

O tatu metálico da cidade não tem esse medo. É ele que faz o seu caminho, mostra a direção, rasga os trilhos como quem desbrava. É ele que segue levando pessoas para os seus destinos. Alguns sofrem com a sua chegada, outros sofrem com a sua partida.

Voltei a pensar no tatu da floresta, que desconhece o próprio destino mas sabe aonde quer chegar.

Pensei também no tempo de antigamente, quando o Tatuapé era um lugar de caça ao tatu. Índios caçadores entravam em sua mata apenas para saber onde estavam as pegadas do animal. Depois eles ficavam à espreita daquele parente, aguardando pacientemente sua manifestação. Nessa hora — quando o tatu saía da toca — eles o pegavam e faziam um suculento assado que iria alimentar os famintos caçadores.

Voltei a pensar no tatu da cidade, que não pode servir de alimento, mas é usado como transporte, para a maioria das pessoas poder encontrar o seu próprio alimento. Andando no metrô que seguia rumo ao Tatuapé, fiquei mirando os prédios que ele cortava como se fossem árvores gigantes de concreto. Naquele itinerário eu ia buscando algum resquício das antigas civilizações que habitaram aquele vale. Encontrei apenas urubus que sobrevoavam o trem que, por sua vez, cortava o coração da Mãe Terra como uma lâmina afiada. Vi pombos e pombas voando livremente entre as estações. Vi um gavião que voava indiferente por entre os prédios. Não vi nenhum tatu e isso me fez sentir saudades de um tempo em que a natureza imperava nesse pedaço de São Paulo habitado por índios Puris. Senti saudades de um ontem impossível de se tornar hoje novamente.

Pensando nisso deixei o trem me levar entre Itaquera e o Anhangabaú. Precisava levar minha alma ao princípio de tudo.

O RIO DA ASSOMBRAÇÃO

Anhangabaú

Desci do tatu metálico bem na hora em que o sol se punha atrás dos grandes prédios que substituíram as montanhas dos tempos dos meus antepassados.

Fiquei imaginando, nos tempos idos, as crianças e os jovens banhando-se nas águas límpidas do Anhangabaú. Fechei os olhos para recordar dos meus tempos de menino, quando descia correndo a ladeira da aldeia apenas para me jogar nas águas do velho Tapajós, rio que vem de muito longe e traz consigo notícias de outras gentes. Lembrei-me de que é comum entre os indígenas colocar nomes nos lugares a partir de um episódio ocorrido.

Imaginei de novo os tempos dos ancestrais e quis procurar um acontecimento que me desse uma explicação para nome tão estranho, esquisito até. Anhangabaú é o nome que nossos antigos pais deram a um rio onde alguém teve a visão do espírito do mal. Anhangabaú é o rio da assombração. Minha imaginação ficou inquieta diante dessa informação. Que tipo de assombração teria sido essa? Teriam visto a iara? Teriam se assustado com a presença inquietante do curupira? Teriam topado com a incrível preguiça gigante que hoje povoa a imaginação de muitos estudiosos? Ou teriam apenas se deparado com a chegada de portugueses barbudos trajando roupas estranhas, calçando botas que feriam a Mãe Terra? O que teria de fato assustado aquela gente — crianças e jovens, homens e mulheres — que ia ao rio apenas para banhar-se, contar as novidades do dia, planejar o dia seguinte?

Pensando nisso fui para o alto da ponte e quase não vi gente, vi carros se movimentando por onde antes passavam apenas igaras levando e trazendo pessoas, ligando as aldeias que ficavam à margem do Tietê e do Tamanduateí. Ali, com o pensamento no passado, fiquei imaginando o espanto que originou um nome tão forte e tão mágico.

Se os portugueses eram a assombração que povoou o imaginário dos Tupiniquim dos primeiros tempos, é possível que esses nossos antepassados já conhecessem o poder de fogo que aqueles alienígenas tinham em suas mãos e isso os apavorou de tal maneira que não fizeram oposição ao avanço deles.

Debruçado no parapeito da ponte de ferro, acompanhei o desfecho do pôr do sol, do astro que já sumia por detrás dos prédios, deixando atrás de si sombras que formavam estranhas e assustadoras figuras. Homens e mulheres desmanchavam suas barracas, anunciando que mais um dia de trabalho estava chegando ao final. Seus movimentos bruscos projetavam suas sombras em direção aos prédios, criando uma sinfonia de luz e sombra que lembrava fantasmas soltos no ar.

"São os fantasmas dos nossos antepassados", pensei e voltei meu olhar para os carros que entravam e saíam do túnel como canoas modernas a transportar gente de um lado para o outro.

"É tudo muito assustador visto daqui. Eta lugar pesado!"

E voltei para o tatu metálico...

Ibirapuera

LUGAR DE ÁRVORES

Um dos mais fascinantes lugares de São Paulo é o parque Ibirapuera. Não tanto pela beleza da natureza que o circunda, mas pelo fato de ser um lugar circular, como uma autêntica aldeia indígena.

Não sei se as pessoas que por lá passam já sentiram o mesmo que eu sinto quando ando pelo parque. Muitas vezes me dá uma sensação impressionante de estar revivendo um lugar do passado, e as gentes por quem passo são como os curumins que brincavam no pátio da aldeia.

Até mesmo o lago, meio esquecido por causa da poluição, concentra certa magia, certa energia que distribui entre os transeuntes. O lago simboliza, ali, o velho avô que tudo ouve impassível e paciente, como a esperar que os netos, apressados pelos relógios e pelos corpos suados, sentem-se para ouvir histórias dos tempos antigos e aprendam com ele a sabedoria das águas.

É por isso que digo que o Ibirapuera é um lugar circular, pois todos os seus cantos lembram nossa transitoriedade, nos ensinando que somos parte integrante do planeta e não seus donos. É o que me dizem as árvores que ali se encontram, que já atravessaram o tempo resistindo bravamente, apesar de já terem presenciado o corte de muitas de suas parentas para dar vez à cidade que cresce ao seu redor. Observando direito, parece que elas formam uma teia que nos une com o infinito, tornando-nos mais importantes do que somos.

Foi buscando resquícios da ancestralidade paulistana que me dirigi mais uma vez ao parque, depois de haver passado pelo lugar da assombração. Fui de ônibus para poder observar melhor a cidade.

O ônibus ficou rodando pelo centro da cidade antes de tomar o rumo da zona sul. Ali, entre os prédios antigos erguidos perto da Praça da Sé, me ocorreu o fato de a cidade ter se iniciado com a instalação da Missão de São Paulo de Piratininga, pelos padres jesuítas. Terra Tupiniquim transformada em Missão que, depois, seria o núcleo da expansão da cidade. Ali seriam construídos os primeiros prédios, que revelariam o pensamento quadrado dos europeus. Esse pensamento eles tentariam impor aos Tupiniquim para forçá-los a abandonar seus "hábitos selvagens". Esses parentes preferiram desaparecer a deixar seu pensamento circular, pois entendiam que o pensar dos europeus não era bom para si e para os seus filhos.

Minha divagação foi interrompida com a chegada ao lugar das árvores. Enquanto descia do ônibus, fiquei imaginando se os prédios que ali foram construídos não eram uma tentativa, ainda que inconsciente, de colocar o quadrado dentro do círculo, tornando-o um lugar habitável para o espírito dos antepassados e ideal para o descanso do espírito do homem moderno.

Pensando assim me peguei sorrindo, pois tinha encontrado um ponto de equilíbrio entre o passado e o presente. Senti apenas uma diferença: é mais fácil conversar com os espíritos da natureza do que entender o espírito do homem moderno, pois este prefere correr contra o tempo em vez de se aliar a ele.

Deixando esse circular-lugar, quis visitar o espírito dos parentes que fugiam do castigo e do sofrimento. Quis conhecer o Jabaquara.

Jabaquara

LUGAR DE ESCRAVOS FUGIDOS

Essa coisa de escravidão sempre me deixou meio confuso. Não acho que as pessoas tenham que ser escravas umas das outras. Sempre achei que cada um deve dar conta do seu trabalho sem precisar ser dono de outras pessoas.

Lembro que meus professores de História reforçavam que os índios foram, num primeiro momento, utilizados pelos portugueses para carregar a madeira do pau-brasil para os grandes navios, o que considero a primeira grande biopirataria de nossa história. Em troca ganhavam contas de vidros, colares, espelhos e outras bugigangas com as quais faziam festa. Imagino que era grande o contentamento deles por aqueles agrados, tão novos e bizarros.

Os professores continuavam a história dizendo que, com o passar dos anos, os indígenas não se acostumaram com o trabalho e começaram a ser forçados a exercer uma função que não estava escrita em seus códigos sociais. Isso lhes valeu o rótulo de preguiçosos, incapazes, inúteis, entre outros títulos que os colocaram frontalmente contra os planos do colonizador de dominar e extrair a riqueza que havia nesta terra.

A saída, diziam os livros, foi trazer para o Brasil levas e levas de homens e mulheres de outros lugares, para fazer o trabalho que os verdadeiros brasileiros não queriam fazer. Aí começou o martírio da gente negra.

Aqui era, para eles, uma terra absolutamente nova, diferente, terrível, massacrante: o retrato do fim do mundo. Nada tinha a ver com a sua linda terra natal, a maravilhosa, fascinante, dadivosa, querida e amada África, lugar dos antepassados, dos seus ritos e cantos, de suas danças e crenças. Não, esta terra não era a sua e nada podia arrancar de dentro de si o grande amor pelo chão materno!

Estando em terra distante, exilados e sem guarida, aos homens e às mulheres africanos restava apenas a saudade e o temor de nunca mais voltar à terra natal. Por causa da saudade reviveram os espíritos criadores, transportaram para cá danças e melodias que trouxessem de volta a presença da Mãe África. Por conta do temor de nunca mais voltarem, fizeram planos de fuga. Imaginaram como seria bom voltar para casa, reencontrar os pais, os amigos e com eles festejar a alegria de estar novamente juntos. Mas como fazer? Não eram muito distantes os dois lugares? Como fariam para transpor as águas salgadas do oceano?

Não, não, não. De um lado havia seus senhores que não davam trégua e os massacravam e os exauriam de tanto trabalhar. De outro lado havia os indígenas, que os olhavam com estranheza e encanto, mas não compreendiam uma só palavra do que diziam. E à sua frente? O mar, esse gigante que lhes lembrava a impossibilidade de voltar para casa.

O que lhes restava?

Imagino que muitos desses nossos irmãos sentavam em frente ao mar e com ele tinham uma conversa desesperadora. Imagino que muitos tentaram fugir do sofrimento atirando-se nas suas águas e nadando, no ímpeto de atravessá-lo. Imagino quantas melodias tristes nasceram em suas margens! Quantas lágrimas foram derramadas em suas águas para que as levassem para a terra querida!

Qual a outra saída? Viver nesta terra! Não se podia fazer mais nada. Aí alguém pensou: "Se não podemos sair daqui, por que não transportar para cá a nossa terra? Por que não aprender a viver aqui? Mas como é possível viver aqui livremente?"

Imagino que foi por causa da saudade que nasceu o desejo de ser livre, ainda que como escravo fugitivo.

Imagino que tenha sido a saudade que impulsionou a liberdade. Foi assim que nasceram os quilombolas, escravos que criaram os quilombos, lugar da liberdade, lugar de festa, lugar da resistência, lugar da saudade, lugar do desejo, lugar de estar com os iguais. Para lá iam os que sonhavam com a terra querida, distante, a Mãe Terra.

Um desses lugares se chamava Jabaquara. O nome, tupi por excelência, parecia querer lembrar que os irmãos da África eram bem-vindos e poderiam ali ficar e viver livremente. Parecia querer dizer que nossos antepassados indígenas entendiam que só se é verdadeiramente livre quando se tem uma terra onde se possa bater os pés para convidar os espíritos ancestrais para dançar a música da criação.

Foi assim que entendi minha passagem pelo Jabaquara. Lugar de encontro de tradições. Lugar da saudade. Lugar da liberdade.

Senti um pouco de saudade também. Estar longe de casa, da minha gente, da terra onde nasci, me fez compreender a saga dos primeiros tempos e me despertou para a necessidade de cantar os cânticos da criação. Fez com que eu me lembrasse da teia que une todos os corações e todos os povos, na tentativa de manter nosso planeta equilibrado. Fez-me gostar de São Paulo, terra que dá guarida e acolhe, ainda que de forma trôpega, a todos que aqui chegam.

Groenlândia
Islândia
MAR DE BAFFIN
Labrador
Washington
Nova Orleans
Golfo do México
Ilhas dos Açores
Ias. do Cabo Verde
MAR ANTILHAS
S. José
Go. do Panamá
Georgetown
Paramaribo
Caiena
Marajó
Amazonas
Guaiaquil
AMÉRICA DO SUL
Brasil
S. Luís
Natal
Recife
Salvador
Brasília
Lima
Ias. S. Ambrosio
Ia. S. Felix
Valparaiso
Santiago
S. Paulo
Rio de Janeiro
Santos
Florianópolis
Porto Alegre
Montevidéu
Ia. da Trindade
Ias. Fernando Noronha
Ia. de S. Paulo
Lisboa
Fo. de Gibraltar
Ia. Madeira
Marrakech
Is. Canárias
Ms. Atlas
Túnis
Deserto do
Tombuctu
Sudão
Golfo de Guiné
Ia. Fernando Pó
Ias. S. Tomé
S. Paulo de Loanda
Benguela
Mossamedes
Baía da Baleia

Guarapiranga

LUGAR DA GARÇA VERMELHA

O dia na aldeia costuma começar sempre muito cedo. Lembro que no meu tempo de menino, vivendo as agruras do crescimento e dos ritos de passagem, costumávamos sair de casa muito antes do sol nascer. Nossos avós nos diziam que era o momento mais importante do dia. Era a hora de tomar o banho gelado que expulsa os maus espíritos da noite e nos dá disposição para enfrentar o novo amanhecer.

A roça – lugar onde plantamos a mandioca — não ficava muito perto, não. Era longe e tínhamos que realizar longas jornadas até chegar lá. Assim, um pouco antes de o sol nascer, já estávamos em pleno curso, seguindo o caminho muitas e muitas vezes pisado.

Meninos ainda, tínhamos a tarefa de ir na frente para espreitar os perigos da mata. Fazíamos isso nos divertindo: catando cocos de tucum, comendo ingaxixica, maracujá do mato ou simplesmente olhando as meninas que vinham logo atrás carregando os paneiros para serem enchidos de gostosuras da floresta.

Durante toda a manhã ficávamos assim, ora tirando os arbustos que teimavam em crescer abafando os pés de mandioca, ora coletando frutas pelas redondezas, ora subindo nas árvores, ora seguindo as moças que iam se banhar no igarapé, ora pulando nas águas gélidas do velho Tapajós.

Matávamos a fome comendo melancia com farinha de tapioca ou chibé, que é uma mistura de água fresca com farinha. Acompanhada de frutas, nossa refeição era um verdadeiro banquete que nos mantinha em pé e dispostos a trabalhar ainda mais.

Nessas saídas para a roça acontecia de tudo, pois era o momento solene em que tínhamos de conhecer a mata das redondezas, aprender a ler as pegadas dos animais e dos pássaros, saber definir qual era o sexo daqueles animais que haviam deixado ali suas marcas, aprender a ler os sinais da natureza com a naturalidade de quem aprende a falar. E isso fazíamos sozinhos. Nossos pais sempre confiavam na gente e nós nunca os decepcionávamos.

Quando voltávamos para a aldeia, quase no fim da tarde, estávamos cansados, esgotados, mas com o semblante feliz de quem tinha aproveitado aquele dia. Ainda assim, brincávamos um pouco mais para deixar que o sono nos alcançasse e depois pudéssemos deitar nossas cabeças na rede e sonhar com os espíritos dos antepassados.

Quando o dia terminava, também era muito comum a gente escutar as histórias dos mais velhos. É claro que, na maioria das vezes, a meninada dormia antes de ouvir

o final da história. Isso era motivo de muita alegria, pois, como nos ensinavam os avós, através dos sonhos a gente também aprendia. Nosso espírito estava solto e podia alcançar nossos ancestrais no mundo dos sonhos. Nessa hora muita coisa nos era ensinada por eles, que contavam histórias de muito antigamente.

Pensei nisso quando cheguei à represa de Guarapiranga. Fiquei com saudades do tempo de criança, ao ver toda aquela água. Imaginei-me na aldeia em que vivi minha primeira infância. Pensei nos caminhos, nos passarinhos, nos amigos e irmãos que cresceram comigo. Reportei-me aos antepassados dos povos que por aqui viviam e me senti, de certa forma, pisando sobre um solo sagrado.

Por ter me sentido um fio na teia, quis pisar naquela água que sacia a sede de tantos milhões de pessoas. Fechei os olhos com alguma cerimônia e elevei uma prece aos céus, desejando que todos os que tinham o corpo enterrado naquele solo pudessem encontrar descanso no lugar onde o sol se põe. Que todos os que utilizam aquela água nunca esqueçam de olhar para o horizonte e agradecer aos nossos primeiros pais.

Butantã

TERRA FIRME

Ir para a terra firme me pareceu uma boa ideia após ter molhado meus pés no local onde as garças procuram alimento. Lembrei que as garças gostam de comer cobras. Daí querer andar pelo Butantã, palavra tupi para terra firme, mais uma referência indígena a um lugar que há muito tempo certamente trazia segurança.

Terra firme é garantia de estar livre das surpresas que a natureza proporciona.

Lugar de parada.

Lugar de acampamento, livre dos olhares nem sempre amistosos dos inimigos.

Lugar de encontro, já que ninguém pode se encontrar com os outros se todos se tornarem alvos de possíveis ataques.

Lugar de cantos e danças rituais.

Lugar de gratidão.

Lugar de celebração.

Lugar de festejos e alegrias.

Apesar de todas estas possibilidades de pensamento, Butantã sempre me chamou a atenção pelo fato de ser um lugar onde as cobras têm sua morada. Foi assim que me apresentaram o local e foi assim que ficou gravada em mim a ideia de um lugar perigoso. Talvez isso seja assim por eu não gostar de cobras...

Quando era menino passei por cima de uma surucucu. Ela estava no meio do caminho pelo qual íamos para a roça plantar ou colher mandioca. Eu não a vi e fiquei feliz por ela também não me ver. Foi tudo muito rápido e só tive consciência do perigo no momento em que meus pais estancaram e não quiseram seguir em frente. Quando olhei para trás e vi que estava sozinho, quis voltar, mas meus pais me alertaram para não fazer isso, apontando para baixo, onde estava esticada uma enorme cobra. Na hora gelei. Não gelei por causa da cobra, mas fiquei envergonhado de não tê-la visto. Afinal não era eu o responsável pela segurança do grupo? Não estava indo à frente justamente para notar algum tipo de perigo?

Para resolver a situação, meu pai cutucou o réptil com uma longa vara e, logo que este se mexeu, deixou-o partir mata adentro.

À noite meu pai me chamou a um canto e me deu razões de sobra para tomar todos os cuidados, revelando-me o perigo por que eu tinha passado.

Naquela ocasião ele me lembrou da presença das cobras em nossa mitologia, dizendo que esses répteis eram, num tempo muito antigo, os únicos donos da noite, e foi preciso usar de várias artimanhas para convencê-los a partilhar a noite com o nosso povo. Isso tornava as cobras seres mágicos, que sempre queriam uma oportunidade para tomar dos seres humanos a noite que antes lhes pertencera.

Depois daquele dia fiquei com muito medo de cobras, tomando todos os cuidados quando caminhava por caminhos menos conhecidos. Isso, porém, não me livrou de levar algumas picadas em minhas incursões pela floresta.

Talvez por esse motivo eu não goste de aliar o nome do Butantã às cobras, bichos peçonhentos e traiçoeiros. Gostei mais de saber que significava terra firme, embora saiba que as serpentes também gostem de lugares assim.

Apesar dos meus medos, sempre vou ao Butantã curtir aquela área verde que muito me lembra uma floresta.

Lá — tenho essa impressão — as árvores parecem estar vivas, ou melhor, mais vivas do que em outras partes da cidade. Será por causa das cobras? Talvez. O certo é que lá me sinto um pouco mais em sintonia com o universo dos meus antepassados, mesmo que tenham sido muitos os que tombaram em sua defesa.

Eu acho o Butantã, junto com o Ibirapuera, o lugar que mais guarda uma memória de nossa gente indígena, essa gente que habitou por aqui antes das caravelas chegarem com seus tripulantes gananciosos e covardes. Eu acho que essas regiões trazem a magia, os segredos, o encanto, a verdade de tudo o que foi construído por nossos antepassados.

Penso também que o paulistano precisa reverenciar mais o Butantã, lugar de terra firme, pois ele esconde coisas que é preciso enxergar com os olhos do espírito, coisas que a olho nu não se consegue ver... O que será?

Será?

Pirituba

LUGAR COM MUITA TABOA, TABUAL

Por falar em cobras... Ocorreu-me a existência de Pirituba, lugar marcado pela presença de taboas. Nesse lugar – também conhecido como tabual – é muito comum a presença de animais rasteiros.

Isso é assim devido ao fato de pequenos animais irem se aninhar sob as folhas longas das taboas, que caem até o chão. O lugar vira um prato cheio para as serpentes que rastejam à procura de alimento.

Foi em Pirituba que achei meu primeiro trabalho, logo que cheguei a Sampa. Não tinha muita experiência como professor, mas queria muito encontrar o meu primeiro emprego e com isso — igual às serpentes — ir em busca do meu alimento.

Olhando agora para trás, vejo que fiz o mesmo caminho dos seres que me causam tanta repulsa: busquei meu alimento no tabual, em Pirituba. E, confesso, gostei muito da gente dali: acolhedora, amiga, sincera. Meus colegas de magistério sempre me acolheram muito bem. Por isso não posso me queixar. Só posso louvar a sua hospitalidade e o seu profissionalismo. Foi ali que tive minha primeira experiência em sala de aula e minha primeira experiência de vida na cidade grande.

É claro que continuava assustado com toda aquela novidade e não deixava de temer "o avesso, do avesso, do avesso", como dizia Caetano Veloso. Mas não posso negar que meus alunos foram os grandes responsáveis pelo meu aprendizado profissional.

Eu era bem mais jovem quando cheguei a São Paulo e podia sair pela cidade à procura de caminhos interessantes, que me dessem um pouquinho de alegria por estar nesta metrópole.

O que vim fazer aqui? Como pude abandonar o norte? Não estaria traindo minha gente? De que modo eu podia estar aqui e ao mesmo tempo contribuir para o crescimento desta cidade?

Ia para as praças de Pirituba com essas perguntas na cabeça. Ficava sentado esperando uma resposta. Meus ancestrais — presentes naquele solo — tinham que me dar algumas pistas para que eu descobrisse o caminho que deveria seguir.

Olhava para as árvores, como em súplica.

Sentava no solo sagrado pedindo aconchego à Mãe Terra.

Olhava para o céu em noite estrelada, para me sentir pertencente ao todo.

Foi assim que, aberto aos saberes antigos, mas cheio de dúvidas e incomodado pela desesperança, num domingo um jornal de páginas amarelas caiu-me às mãos e me mostrou para onde ir, ou melhor, onde ficar: Pirituba.

Daquele dia em diante passei a observar mais meu novo lugar. Fui aos poucos descobrindo as maravilhas de morar num tabual. E mesmo que ninguém entendesse nada do que se passava dentro de mim, fui abrindo meu coração para o novo, o diferente, para aquele lugar.

Ainda que me sentisse um pouco como uma serpente à procura do seu alimento, aproveitei tudo o que podia, para não decepcionar os meus antepassados, que me disseram o que fazer.

Foi ali, em Pirituba, que fui compreendendo lentamente o magnífico papel que me cabia como professor, confessor de meus sonhos.

Ali fui compreendendo que existe magia nas palavras.

Que nada está desconectado, tudo é delicioso, hummm...

Em Pirituba, no tabual, fui descobrindo as palavras sábias do meu avô, que dizia que tudo tem seu tempo para acontecer e nada passa despercebido aos olhos Daquele que Tudo Pode.

Assim, serpente por natureza, descobrindo tabuais onde encontrar alimento e retirar matéria-prima para a minha flauta, fui desenvolvendo meu jeito de olhar São Paulo e dela tirar tudo o que for possível para manter o céu equilibrado, evitando que se autodestrua.

Foi assim que vim parar em Pirituba.

Foi assim que escolhi ser professor.

Foi assim que aprendi a tocar uma flauta imaginária.

Foi assim que reencontrei minha alma dentro desta cidade.

Foi assim que me tornei um transeunte da cidade e transformei o barco em trem, o arco em palavra, a mata em tabual, a escuridão em luz elétrica, a aldeia em cidade.

Não troquei minha aldeia pela cidade. Eu transformei a cidade em minha aldeia.

Tietê

MÃE DO RIO, REGIÃO ONDE O RIO ALAGA
FECUNDANDO A TERRA

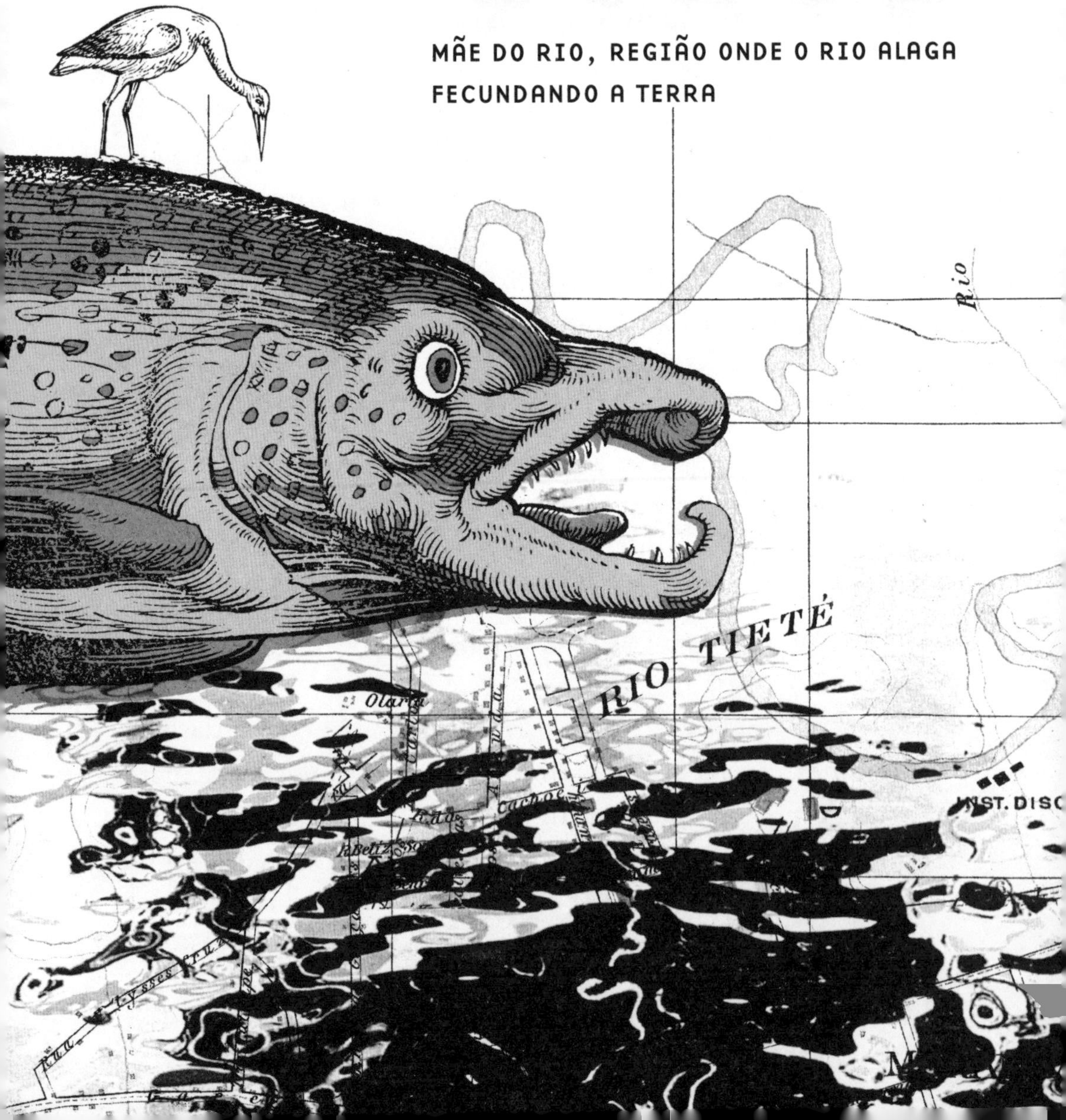

As aldeias indígenas estão sempre bem próximas de rios, lagos ou igarapés. Mas não são todos os grupos que se utilizam deles como seu principal fornecedor de matéria-prima ou da alimentação primária de seu cotidiano. Os povos são diferentes entre si e constroem sua visão de mundo baseando-se em suas crenças nas origens.

O povo Karajá, que habita a região do Tocantins, na Ilha do Bananal, se considera saído de dentro do grande Araguaia. Eram tempos distantes quando seus ancestrais abandonaram o universo aquático e passaram para o mundo de cima, terrestre, movidos pela curiosidade e pela busca de novos caminhos.

Não é à toa que esse povo viva hoje em função do rio e suas casas sejam sempre construídas voltadas para a nascente. São exímios pescadores e canoeiros, e dos rios tiram a esperança e a crença no retorno de seu Criador. Também não é de se estranhar que eles sejam tão radicalmente contra a construção de hidrelétricas e hidrovias nos rios que banham suas aldeias! Sentem como se os engenheiros estivessem rasgando o coração dos deuses criadores!

Há povos indígenas que dividem sua vida em tempo de seca e de enchente. É o caso dos Pirahã do Estado do Amazonas. Quando o tempo é de enchente eles se mudam para os lugares mais altos e vivem a alegria da fartura e da festa. Cantos e danças são ouvidos nos lugares mais distantes. Vibram com o espírito da chuva que aproxima as caças dos caçadores e o verde das árvores. As beiras dos rios ficam inundadas, fazendo com que a vida refloresça e muitos outros seres da floresta venham para as suas margens se deliciar com a abundância das águas.

No tempo da seca, no entanto, a situação é outra. Todos temem a ausência de comida, da fartura, das bênçãos divinas sobre suas terras. É tempo de se alojar bem perto do rio, na esperança de que ele traga boas notícias. É tempo de esperar, é a hora do exercício de aceitação dos ciclos da natureza. Nesse período é preciso ter paciência e a certeza de que o tempo segue seu fluxo natural.

Meu povo, os Munduruku, vive às margens do grande rio Tapajós e de seus afluentes. Embora sejamos nascidos no fundo da terra — conforme narra nosso mito ancestral — fizemos do velho rio um aliado na manutenção de nossa existência, dele tirando parte de nosso alimento. Além disso, ele se tornou nosso velho e sábio avô, o patriarca que nos ensina a ter paciência e a esperar.

Desde criança aprendemos isso, e levamos esse ensinamento para os lugares onde passamos, na esperança de fazer as pessoas olharem para nossa Mãe Terra com um pouco mais de consciência e comiseração.

Quando adultos, levamos conosco a certeza do pertencimento e da não posse.

Acreditamos que somos um com o planeta e não os seus donos.

Um com a floresta e não os proprietários.

Um com o universo, seus admiradores, e não os seus dominadores.

Um com as pessoas e não os seus senhores.

Um com a vida e não os seus algozes.

É dessa maneira que caminhamos pela terra: como observadores da sua beleza e de sua magia.

Seguimos o fluxo da natureza e, a partir de sua observação, procuramos criar formas de ajudá-la na sua tarefa de embelezar o planeta.

Talvez este seja o problema mais grave das pessoas da cidade grande: não conseguem ver beleza nas coisas criadas!

Beleza não é algo fácil de se encontrar andando às margens do Tietê, rio que outrora alimentou a alegria e a fome de muita gente. Quando passo perto desse antigo avô fico triste por tudo o que fizeram e ainda fazem com ele.

Acho uma grande falta de consideração e de respeito com um ser tão antigo, que continua dando o melhor de si para que a cidade funcione.

Sempre que passo pelas margens desse avô fico imaginando-o nos tempos antigos, quando era o centro da vida aldeã de nossos antepassados. Imagino a movimentação das crianças brincando e correndo atrás umas das outras, fazendo a alegria do avô que a tudo assistia, impassível, mas feliz. Quantas aldeias havia em suas margens? Quantas pessoas ele alimentava? Quantas histórias já ouviu? Quantos casais de jovens namoraram às suas margens? Quantas confissões já guardara pra si? Quantos corpos tombaram ao seu redor?

Penso no caminho em que o Tietê se tornara, que ligava o norte ao sul e dava direção aos navegantes. E então meu pensamento divaga na imagem do rio como um mensageiro que leva e traz notícias de longe, seguindo lentamente seu curso, sem pressa, mas com constância. Lembro, então, do meu avô, que me ensinou a chamar o rio de velho. Velho, para nós, é quem sabe mostrar o caminho, como esse rio que segue uma ordem interna que o leva a se encontrar com o maior dos rios, o mar.

Fico pensando no Tietê como esse velho que se deixava alagar para tornar-se fértil e cheio de vida. Nesse rio oferecendo vida aos parentes índios que o navegavam.

É isso que penso quando, em minha canoa metálica de quatro rodas, percorro a extensão desse rio que rasga teimosamente a cidade, como a lembrar-lhe que é preciso valorizar o tesouro líquido tão vital para a vida dos homens e das mulheres de nosso mundo, e a nos dizer que não podemos passar por esta vida sem fecundarmos nossas próprias margens, para que outros também tenham vida em abundância.

Tucuruvi

GAFANHOTO VERDE

Não consigo entender direito por que o Tucuruvi tem esse nome. Dizem alguns que é devido à incidência de gafanhotos nesse lugar que fica muito próximo da bela serra da Cantareira, terra dos Guaru em tempos antigos.

Fico imaginando, então, o que ocorria naquele tempo para que este lugar gerasse um nome que faz a gente pensar em algumas coisas nem sempre comuns.

É muito próprio de nossos povos batizarem os lugares a partir de algum evento ocorrido numa ocasião específica. Batiza-se pelo fato e não para homenagear alguém, como sempre ocorre com as pessoas das cidades. Assim foi com o Anhangabaú, com o Jabaquara ou com o Ibirapuera, com a Mooca ou com Guaianases. Isso funciona também com os nomes das pessoas, que são colocados para tornar presente a memória dos nossos antepassados. É com a certeza de não esquecer os fatos e os feitos, que nossos pais batizam seus filhos e os acontecimentos.

Lembrando disso fiquei imaginando quantos gafanhotos deviam circular por estes lugares de serra, talvez fugindo dos invasores que já se aproximavam ou dos próprios indígenas que, em suas caçadas permanentes, gostavam de comê-los em meio às suas refeições diárias. Talvez fosse um caminho sempre percorrido pelos caçadores e guerreiros daqueles tempos.

Pensei nisso, quando me ocorreu o fato de que meus antepassados Munduruku também comiam gafanhotos durante suas incursões de guerra. Por que comiam? Primeiro por não terem tempo de caçar (quem guerreia não tem tempo para comer) e, segundo, porque a crença de nossa gente ensina que precisamos andar com leveza sobre o chão de nossos antepassados (é preciso não deixar marcas nem pegadas).

Claro é que uma alimentação frugal nos mantém mais atentos e isso diminui a possibilidade de não vermos nossos inimigos se aproximando pelos flancos. Permite-nos ainda não parar e não nos desviarmos das rotas que foram traçadas pelos nossos sonhos.

Entendi, então, por que os parentes Tupiniquim, Tupinambá, Guaru ou Guaianá, e outros que por ali trafegavam, acabaram nomeando o lugar como Tucuruvi, lugar de farto banquete para as suas longas caminhadas.

Outro pensamento me ocorreu ainda: o de que para outros povos, às vezes até mesmo para outros povos indígenas, o gafanhoto pode ser o símbolo de uma desgraça.

O gafanhoto é comedor de folhas e isso pode significar o fim de um ano inteiro de muito trabalho na lavoura, nos campos, nas plantações. Pode ser uma denúncia de um esconderijo ou a morte de um povo inteiro.

Meu pensamento voou lá para o Egito dos tempos do Antigo Testamento. Época de Moisés, o homem que libertou o povo de Israel da escravidão do faraó. Dentre os castigos que Deus mandara sobre os egípcios, um era a praga de gafanhotos que destruiu toda a plantação, deixando o povo na miséria, sem alimento. Os gafanhotos chegaram, devoraram tudo e foram embora deixando desolação e penúria. E isso provou que a ira de Deus era grande.

Na crença de minha gente, sonhar com gafanhoto é sinônimo de fartura, de sucesso.

É certeza de dar passos largos, como fazem esses insetos.

Topar com alguns deles é bom augúrio. Sinal de que alguma coisa boa vai acontecer.

Algumas vezes tenho ido andar pelo bairro do Tucuruvi, na tentativa de encontrar alguns gafanhotos, mas temo que nunca mais os encontrarei, pois o verde está sendo devorado não tanto pelos insetos, mas pelas máquinas que engolem a terra, construindo casas. Tenho receio de que o medo dos moradores das cidades esteja fazendo com que deixem de usar a sua imaginação, que esteja lhes tirando a possibilidade de conviver com o fantástico, de encontrar a magia em suas vidas.

Isso deve ser o que as pessoas da selva de pedra chamam de estresse, essa estranha doença causada pela perda da fantasia. Assim os gafanhotos vão embora e não voltam nunca mais!

E há muito tempo que não sonho com gafanhotos!

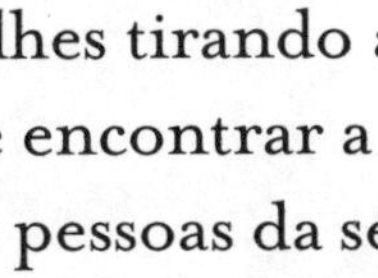

Guaianases, Guarulhos e Guaranis

O Brasil inteiro era habitado por indígenas. Eram 8 milhões, nas avaliações mais otimistas, e 3 milhões, nas mais pessimistas.

Suas vozes também eram muitas: novecentas línguas. Repertório grande, dirão alguns. É verdade.

Muitas línguas revelam formas diversas de ver o mundo. A gente não olha apenas com os olhos, mas também com a língua. É ela que nos dá o sabor e o saber, e aqui em nossa terra havia muitos sabores e saberes que faziam o colorido de nossa gente.

A terra nunca teve dono, e os povos que aqui viviam sentiam-se à vontade para caminhar por este solo, sem desejo de posse, apenas com a alegria e o cuidado necessários para viver uma longa vida.

Certamente não era um lugar tão seguro, mas era paradisíaco, e pode-se dizer que a felicidade mora próxima ao paraíso.

Estradas não havia. Tudo o que se tinha era o caminho a ser feito e os rios a serem navegados. Fora isso, tudo era silêncio.

Silêncio quebrado pelo ritmo da dança ancestral, pelos gritos guerreiros, pelo crepitar das chamas do velho avô fogo.

Silêncio quebrado pelo canto e pelas passadas pesadas dos atentos defensores das aldeias, pelo vozerio das crianças correndo ao velho e já poluído Tamanduateí, ao sofrido Anhembi, ao cansado Tietê.

Esta terra, que nunca foi de ninguém, que sempre foi usufruída por muitos, presenciou a caminhada dos Tamoio, dos Tupiniquim, dos Tupinambá, dos Guaianá, dos Guarú... Entre tantos.

Esta terra que recebeu indígenas e alienígenas passou por muitos percalços. Viu gente ser engolida, devorada num ritual canibal. Viu gente ser esmagada, trucidada e violentada pelo arco do tempo, que não tem piedade de nada nem de ninguém.

Esta terra.

Sagrada graças ao sangue dos antepassados.

Presenciou histórias.

Choros.

Delírios.

Canções dos exilados.

Foi nesta terra que homens decididos a manter firme a tradição de seus avós enfrentaram outros homens, vindos de longe e trazendo outro olhar, um olhar que maculava a grandeza divina da Mãe Terra.

Foi nesta terra, também, que se estabeleceu um encontro nem sempre amigável entre nativos e alienígenas criando um diferente modo de olhar e de ser em nosso novo mundo.

Nesta terra de Guarani, de Guaianá e de Guaru, realizou-se a mágica da miscigenação, que criou o novo e abriu as portas da modernidade e do desenvolvimento.

Esta terra — arrancada que foi dos heroicos indígenas que aqui viviam — assumiu outro nome, inventou histórias, abriu novas frentes e deixou, por longo tempo, que seus verdadeiros antepassados — seus legítimos filhos — ficassem escondidos e receosos de sua generosidade.

Hoje, já tendo passado muito tempo desde as primorosas eras onde o verde habitava nosso chão e o ar carregava consigo apenas notícias vindas de longe, o esquecimento não pode recair sobre essa gente que compôs aqui muitas canções para as divindades, alimentou a terra com o seu sangue, assegurou até onde pôde a natureza para as futuras gerações, embalou os sonhos e as esperanças das suas crianças, construiu uma história de resistência e paciência.

Esta terra — a São Paulo de sempre — é também a casa de muitos. Tem que ser a casa de todos. Aberta para todos. Sempre. Até para os que não conseguiram resistir ao seu crescimento. Que vivam em sua memória, como seus primeiros moradores. Que continue sendo também a casa daqueles que ainda hoje são seus filhos mais ilustres: os Guarani.

HOSP.
SAMARITANO

CANAL PROJECTADO
C. ESPERIA
FLORES
BOM RETIRO
LIMPEZA PUBca
DESINF. CENTRAL
CHACARA DO CARVALHO
I.C. DE JESUS
EST. SOROCABANA
ESC. DE PHARMACIA
ESCOLA P. MORAES
JARDIM PUBLICO
LYCEO DE ARTES E OFFICIOS
EST. DA LUZ
L. DOS GUAYANAZES
S. CECILIA
I. S. CECILIA
S. EPHIGENIA
V. S. CRUZ
Lgo DO AROUCHE
I.C. DE MARIA
HOSPITAL
SANTA CASA
Praça da Republica
E. NORMAL
S. BENTO
MUNICIPAL
MACKENZIE COLLEGE
IG. CONSOLAÇÃO
R. D'AGUA
VELODROMO
CONGRESSO
CONSOLAÇÃO

Faz. Bella Vista
Olaria
Olaria
RIO TIETÉ
Olaria
Rua Ulysses Cruz
Trav. Tatuapé
R. Dr. Jacintho Gonçalves
TATUAPÉ
R. Brazilio Henrique
R. Gonçalves Crespo
E. F. CENTRAL DO BRAZIL
5ª PARADA
6ª PA
PARADA
Cemiterio
Agua Raza
Praça Conceição
Rua Serra de Botucatú
R. Serra de Bragança
R. Canta Gallo
R. Emilio Mallet
R. Euclydes Pacheca
R. Soares

O autor

Foto: José Sebastião Maria de Souza

Daniel Munduruku é índio da nação Munduruku. Nasceu índio e gosta de ser índio.

Formado em Filosofia pela UNISAL - Lorena, já trabalhou com crianças carentes, lecionou em escolas públicas e particulares, atuou no cinema e em comerciais para tevê. Também já escreveu premiados livros para crianças e jovens, entre eles *Coisas de índio*, pela Callis Editora, e *O segredo da chuva*, pela Ática.

É diretor-presidente do Instituto Indígena Brasileiro para Propriedade Intelectual - Inbrapi, cujo objetivo é a defesa do patrimônio cultural e dos conhecimentos tradicionais dos povos indígenas brasileiros.

Sempre preocupado com a condição do povo brasileiro, Daniel realiza palestras e conferências por todo o Brasil e pelo exterior.

Vive no Estado de São Paulo desde 1987. É casado com Tania Mara e tem três filhos: Gabriela, Lucas e Beatriz.

Página na internet: www.danielmunduruku.com.br

Créditos das imagens

Os mapas das páginas 1, 2, 6, 8, 14, 18, 20, 22, 25, 26, 29, 32, 34, 35, 36, 40, 44, 47, 48, 49, 50, 53, 57, 58, 59, 60, 64 e da quarta capa são partes de uma planta da cidade de São Paulo de 1914.

Pág. 17: está incluído na ilustração um detalhe de xilogravura intitulada *Tatu*. Xilogravura da *Wahrhaftige Historia* de Hans Staden. *Hans Staden: o homem e a obra*, Manoel de Abreu Campanário, Editora Parma, 1980.

Pág. 20/21: está incluído na ilustração um detalhe de gravura intitulada *Partida rumo a plagas nunca vistas*, parte da obra *Historia Antipodum* produzida por: Theodor (Dietrich) de Bry, Johann Theodor de Bry, Matthäus Merian, o Velho e Johann Ludwig Gottfried (Gotofredus). *Americae Praeterita Eventa*, Helmut Andrä e Edgard de Cerqueira Falcão, Universidade de São Paulo, 1966.

Pág.31: está incluído na ilustração um detalhe da fotografia de autoria de José Christiano de Freitas Henriques Jr., Cabinda (segundo identificação do fotógrafo), c. 1865. *O olhar europeu: o negro na iconografia brasileira do século XIX*, Boris Kossoy e Maria Luisa Tucci Carneiro, Edusp, 1994.

Pág. 54: está incluído na ilustração um detalhe de xilogravura intitulada *Chegada a Superagui ao norte da barra de Paranaguá*. Xilogravura da *Wahrhaftige Historia* de Hans Staden. *Hans Staden: o homem e a obra*, Manoel de Abreu Campanário, Editora Parma, 1980. Também foi adicionado um detalhe da tapeçaria *O Caçador Índio* (pássaro) da série de Tapeçarias de Malta chamada *Antigas Índias*, realizada entre os anos de 1708 e 1710 na manufatura parisiense de Gobelins, no atelier dirigido por Etienne Le Blond. Palacio Presidencial, Sala del Consejo.

Nota do autor

Os topônimos mencionados neste livro (como Tatuapé, Anhangabaú, Ibirapuera e outros) são de origem indígena. Existem pequenas variações na tradução destas palavras, podendo haver outras versões para seus significados.

Referências bibliográficas

NAVARRO, Eduardo de Almeida. *Método moderno de tupi antigo — a língua do Brasil dos primeiros séculos*. 2ª edição. Petrópolis, Vozes, 1999.

PREVIA, Benedito; Equipe da Pastoral Indigenista da Arquidiocese de São Paulo. *Indígenas em São Paulo — ontem e hoje*. São Paulo, Paulinas, 2001.

Faz. Bella Vista
Olaria
Olaria
RIO TIETÉ
Olaria
Olaria
R. Icarahy